JN328599

# 考えられないこと

河野多恵子

新潮社

考えられないこと　目次

表紙　勝本みつる
撮影　松浦文生
装幀　新潮社装幀室

# 考えられないこと

# 好き嫌い

ハマ子は大きな都会の問屋街で生まれ育った。夕方には、どの店も早仕舞いであったが、日中は交通量が多くて騒々しい。トラック、リヤカーをつけた自転車、荷車等々。荷車のなかには荷馬車もあった。細かく市電の停留所があるうえに、白い市バスと青バスと呼ばれている青いバスの通っている電車道の所々には、石の流し台のような馬の水飲場があったりした。

「パーカ、パーカ」と遠くから馬の蹄の音がしてきたら、じきに「どこのお家でもいいから入れてもらいなさい」ハマ子は母から放れ馬の恐しさを聞かされていた。荷車から外れた馬は、轅《ながえ》をつけたまま小屋根ほどの高さで跳んでくるという。その轅の鈎に引っかけられると、大変なことになる。ハマ子はその危険よりも、小屋根ほどの高さで跳んでくるという放れ馬を見たかった。だが、その機会のないうちに、荷馬車というものが消えてしまった。日本の軍隊の支那大陸への出動が始まった。馬も徴発して、連れて行かれる。ラジオが愛馬行進曲とかいう歌をよく放送するようになるのだが、ハマ子が小学校の二、三年生頃になるまでは、荷馬車はまだ街中で日常眼にするものの一つであったのだ。

ハマ子が当時の年齢の言い方にすれば数え年の七歳で入った幼稚園は市立で、小学校とセットになっていた。本来ならば、隣りの学区の市立小学校とやはりセットになっている幼稚園へ入るはずのところ、いわゆる越境でその幼稚園に通うことになったのだった。どちらも家からは近かったが、越境しなければ、途中に電車道がある。幼稚園のうちは送り迎えをするにしても、六年間もの小学校通学中に忘れ物でもして、あわてて家へ取りに帰ろうとして電車道を渡るのは危険である。それで、幼稚園のうちから、父が越境させることにしたとか。三人の弟たち、末っ子の娘のキマ子の通った幼稚園も小学校もハマ子と同じであった。

幼稚園で、ハマ子には友だちができなかった。それでも、行くのを嫌がったことは一度もなかった。彼女の入ったのは、一年保育の男女組だった。お歌の時もお遊戯の時も、彼女は皆と一緒にしようとはしないで、突っ立ったまま、まわりを眺めているだけだった。ただ、何かの折に先生から、ハマ子ちゃん、とか、三上ハマ子ちゃんとか呼ばれると、「はいッ！」と口が利けることを知らないのかと言わぬばかりに大きな返事をする。「いいお返事ね」と先生がおほめになることがあっても、彼女は別に嬉しくもない。笑う子があったりするので……、むしろ余計なことは言ってもらいたくないほどの気持なのである。

遊ぶのもハマ子はひとりであった。砂場にしゃがんで、いわばレリーフ式で家とか、犬とか、一度写真で見ただけで好きになった子守ぐまとかを拵える。うさぎのいる満月を拵えたこともあった。彼女は砂の感触も好きだった。そうして、無心で遊んでいると、男の子の一団が「退け！」とよく女の子たちを追っ払いに来る。女の子たちは「何よ！　あんた達！」と言いつつも立ち上がって、掌の砂を払って退いてゆく。そういう時、大将格の男の子が何故か「ハマ子は置いといてやれ」と言う。それで、彼女は男の子たちのなかに残って、やはりひとりで遊んでいるのであった。女の子たちが遊動円木に乗っているのを側に立って眺めていると、「乗りたいの？」と訊いてくれるので、乗せてもらうことがあった。ハマ子は本当は男の子たちと一緒に乗りたかった。彼等の遊動円木の漕ぎ方は激しい。非常な勢いで前後へ移動していて乗り甲斐がありそうなのだが、「乗りたいの？」と言ってくれたことはなかった。彼等が占領している遊動円木には空いているところはいつもなかったからだろうか。

幼稚園で、男の子たちはよく手裏剣ごっこもしていた。勝負あそびで、遠くへ飛んだほうが勝ち。負けたほうの手裏剣は没収されてしまう。これをするのは、室内だった。当時の新聞の貧弱な折込広告で折った手裏剣を持ってきている。あとで家からお弁当と一緒に届けられる子もあった。

お天気がわるくなくても、一年保育組の部屋の前の広い廊下が、よくその遊びに使われた。ひとりで勝負を眺めているハマ子に、「これ、持ってて」

と手裏剣を預けにくる子たちがある。彼女はエプロンのポケットと両手と左右の足元との五箇所を使わねばならないこともあった。「また、負けた」と頭を掻いて、預けていた全部を持って行く子。「僕のはここだからね。まちがわないで」と彼女のエプロンのポケットに更に差しこむ子等々。彼女はその子たちに「頑張って」とか、「大丈夫。ちゃんと覚えているから」とか言う時もあった。彼女がそれ以外に、幼稚園で普通に口を利くことは、まず滅多になかった。

一年間の幼稚園生活が終る頃には、ハマ子は自分がぶすっとした顔をしている子であることをすでに知っていた。背中と同じように、人間が自分の本当の顔は、自分では見ることができない不思議さ。鏡やガラスに映る自分の顔は、本当の自分の顔ではない不思議さ。彼女は自分の顔がぶすっとしていることを視覚ではなく、顔そのもののなかから伝わってくる感じによって知るようになったのであった。

幼稚園に続いて越境で入学した小学校は、一学年が三組《み》であった。一組《いち》だけが男女組で、年強《としづよ》の児童の入る組である。四月生まれのハマ子はそのなかでも大きいほうであった。入学して、ランドセルを背負って登校する最初の日から、ハマ子はひとりで行くと言って、誰にも送って来させなかった。

舗道を歩いて行くと、少し見覚えのある小父さんによく出会う。ハマ子の父よりは大分年上のようであった。緊まった躰つきに、きちんとした背広を着て、日焼したような顔色をした小父さんだった。いつも帽子を冠っていた。その人は彼女を見ると、足を停めて、口許を引き緊めるような微笑を浮べる。新しいランドセルが背中の両脇にはみ出ているような小さな子供が、いっぱしに気むずかしい顔つきをしているのが、面白いのかもしれなかった。その人は彼女に手を振ってみせたり、声をかけたりすることは滅多にしない。擦れちがうまえに、一つ頷いてみせて、傍の建物の中へ入ってしまう。

その建物の前では、荷物の上げおろしがされていることは滅多になかった。入口の左右の扉には、どちらの磨りガラスにも、町田兄弟商会と金文字で書いてあった。そこを人が出入りする時に見かけると、内では七、八人の男の人たちが事務机に向っていた。ハマ子は後にかなり漢字が読めるようになってからも、その入口の扉にある町田兄弟商会の文字をけいていい商会ではなくて、きょうだい商会と読んでいた。

ただ、ハマ子はその店が兄弟で経営されていて、あの小父さんは弟さんのほうで、どこからか通勤してきているのをいつの間にか知っていた。お兄さん一家はそこに住んでいた。ハマ子の母もそこの奥さんよりは大分年下だったが、近所馴染みで、ちょっと立話をする。嫁いでいるらしい娘さんのことを「ご機嫌よくしていらっしゃいますか?」などと言っていることもあった。だが、彼女はあの小父さんのお兄さんはどういう人なのか、後々までも知らずじまいであった。

一年生の担任には、練達の先生が択ばれるのだろう。女子組だけは女の先生の担任だったが、その先生もやはり若くはなかった。

ハマ子たちの一《いち》組の先生が一番年輩のようであった。西村先生という。眼鏡をかけて、口髭がきっかりと整えられている。その口許でおっしゃる物言いが丁寧で、優しげだった。しかし、ハマ子はその西村先生があまり好きではなかった。一学期の途中で、先生が病気で休まれたことがあった。外部から臨時の先生が来られて、体操や図工に差し替えになった学課もあった。三日ほどして出てこられた西村先生は、「休んでいた間の授業をしてくださっ

た先生が「皆さんがとてもよい子であった」とほめておられたそうです」と
まずおっしゃった。それから、「先生はお腹をこわしてしまってね、それで
寝ていました。おかゆさんを食べていました」とのことである。すると、ハ
マ子には先生のその言葉が〈おかゆさん〉のようにべたついて感じられたの
だった。自分たちだって幼児ではないのに、大人で、しかも男の人でありな
がら、〈おかゆさん〉とは、ハマ子にはわざとらしく感じられた。彼女はか
ねて西村先生の優しさに、ややもすると、わざとらしさを感じるのだったが、
〈おかゆさん〉で一層その印象をもってしまった。

一学期の半ばに、父兄会があった。そのあたりには、通勤生活者の家庭は
殆どない。父親も時間が自由になる。父兄会には、父親——特に児童が男の
子の場合には、父親の姿が多かった。ハマ子の父は、六年間の在学中に父兄

会とか何かの折に、二、三度くらいは学校へ顔を見せたようだが、最初の父兄会に出席したのは、母であった。

その日の面接で、西村先生から次のようなお話があったという。「どの学課も、体操などにしても、よくお出来になります。繰り上げ入学であっても、充分ついてゆけたと思うくらい……。あとは、もう少し友だちとお話なさるようになれば、ほかには何も申しあげることはありません」――晩御飯の時、母は父にもその話をした。ハマ子はそんなことを二度も聞かされて余計に口を利きにくくなるのに、あまり賢くはない母だと思った。「余計な心配をすることはない。立派なものだ」と父が言った。ハマ子は父のほうが西村先生よりもえらいと思った。

夏休みになった。ハマ子は出席の印を押してもらうカードを頸からぶらさげて、毎朝小学校の朝のラジオ体操へ出かけて行く。女の先生は見かけず、スポーツ着姿の男の先生が二人。スピーカーが鳴りはじめると、一人が壇上に立たれる。夏休みのラジオ体操は、学年とも組とも関係なく、どこでも好きな場所ですればよかった。大人たちも混っている。小さな子のお守りがてらに来ている人もある。

体操の最後、曲と一緒に深呼吸が終わって礼をすると、ハマ子は又ざわつきはじめた校庭をすぐさま独りであとにする。途中で、町田兄弟商会の前を通りかかることになる。いつもの金文字で名前を書いてある広告のガラス扉ではなくて、岩乗な鉄の一枚扉が締まっている。それを眼にすると、ハマ子は「まだまだ」と言われているような気がした。

夏休みが終って、ハマ子はまた小父さんによく会えるようになった。短縮授業の期間も過ぎた。越境入学なので、母は時には気を遣っておかねばと思ったのだろう。ある日、ハマ子が登校する時、教室に活けてもらう花を持った女中をついて来させた。途中で、町田さんの小父さんに出会った。ハマ子にいつものように微笑し、一つ頷いておいてから、兄弟商会のガラス扉の中へ入って行った。「知っている人」とハマ子は自分から言った。

二年生になる時は、組替えはなかった。三年生になる時の組替えで、ハマ子はやはり男女組の一《いち》組のままであった。前年には持ち上がりであった西村先生が替わって、担任は水野先生。やはり男の先生で、西村先生と同じようにあまり若くはなかったが、体は大きい。眼鏡なしの両の眼もとをしわしわにして笑顔であることが多かったが、両眼をきっとして怒られることも珍しくない。

先生は教室の入口まで大きく掌を叩きながら廊下を歩いてこられる。が、その日はいきなり戸が明いた。まごつく子もあったが、教壇に立たれた先生は「起立！――礼！」がすむと、抱えていた物を教卓に置かれた。「このあいだ書いた綴り方を今から返す」とその重なったのを片掌で激しく叩かれた。その年最初の遠足のことを宿題で書いた綴り方である。「君たちのこれだけの綴り方の中に、それからが幾つ入ってるか！　全く！」とおっしゃるが、何のことか判らない。先生は黒板のほうに向き直って、〈それから〉と大きく書き、「綴り方にこれはいかんのだ。これが多ければ多いほどいかんのだ」と言われる。「どうしてですか？」と訊く男の子がいた。「何ィ！」と先生は剣幕すさまじく言われる。――「いかんと言ったら、いかんのだ！　それからの多い綴り方ほどいかん。ごくたまにそれからでなければならぬ場合がある。そういう時には、それからが一番いいんだ。使うのは、そういう時だけにする」

授業で、綴り方の時間というのは、特にあったかどうか。国語の時間と兼用だったかもしれないし、書くのは大抵は宿題だった気もするけれども……。

「今から、これを返す。先生の言ったことをよく考えて、赤エンピツで直しなさい。うまく直せたかどうか、また見てあげる。さ、めいめい自分で取りに来る」

そこで、先生は黒板の大きな〈それから〉を消すと、教卓の上はそのままにして、窓際を背にした自分の机の前へ行って、腰かけてしまわれた。


教室での席順は、年毎の身長だけによって決められる。一組《いち》でも、男女の区別はなかった。隣り合わせの机が、四列並んでいる。三年生のハマ子の席は奥から二列目、後ろから三番目で、右側に男の子がいた。

その子はハマ子とは幼稚園でも一時一緒であったことがある。一学期《いち》くらいでいなくなった子だったが、小学校に入学後は、また一緒になった。名前は、飯田道夫。

市電通りに、大きなショウウインドのある店――誂えの紳士服専門の店があって、そこの子であった。学生服――そのよいのを着ていることが多かった。男の子は大抵は丸刈りだった当時、二枚刈りや坊っちゃん刈りの子は、組中で三、四人くらいのものだったが、その子は坊っちゃん刈りであった。格別に白い顔が平べったく、細い眼でよく横眼を遣う。声は湿っぽい。ハマ子が二人の机の境いのほうへ、消しゴムとか定規とかをちょっと置いていると、「あんまりこっちへ物を置くなよ」とその声で言って、ぐっと押し返す。「ハマ子、って、ちっともいい名前だと思わないよ。変な名前だと思うよ」と言ったりしたこともある。

それでも、一学期は無事であった。二学期も半ばまでは何とか保った。しかし、冬の初めになった頃、ハマ子の飯田道夫への嫌悪がとうとう爆発した。

午後の一時間目の授業の始まる前、教室はまだざわついていた。ハマ子はもう着席していた。隣りの席の飯田君が横眼だけを彼女に向けて、「もうちょっと、そっちへ寄ってくれんかなあ」と言った。ハマ子は逆上した。無言で立ちあがって、その子に手を出した。慌てて立ちあがった彼の頬を彼女の拳が掠めた。彼女の椅子も机も倒れた。そのけたたましい物音で、彼女は一層荒々しい気持になった。父は滅多に手を上げたことはなく、彼女は誰からも叩かれたことはない。が、夢中で手を振り廻す。飯田君の椅子も机も倒れ、その子も手を振り廻す。

「危いわ。やめてよ」と女の子が二人ほどで後ろから服を引っ張ったが、ハマ子は振りほどいてしまう。男の子同士の暴力は時にはあった。校庭でどちらも地面に転がって、取っ組み合いの喧嘩をすることもある。が、男女間での暴力は、珍しい。近くの机や椅子は遠ざけられてしまって、二人のまわりにはリングができていた。「三上、頑張れ！」と男の子たちは言う。――そろそろ寒くなると、女の子は通学にハーフ・コートを着はじめる。自分の席の椅子の背にそれを掛け、その上にランドセルを掛けておく。どこか転がっている椅子から持ってきた彼女のハーフ・コートを両手で広げて煽ぐように振って、「勝ったらこれを返してやるからな」と妙な応援の仕方をする子もあった。

振り廻していたハマ子の手が、飯田君の顔に当たることもあった。彼もやはり手を振り廻している。その掌が頬に触れた時、彼女は後退りざま、その子の腕を摑んだ。両手で力いっぱいねじりあげた。相手が泣きだした。「手が折れた」と言って、わあわあと泣く。

音立てて教室の扉が明いた。水野先生が立っておられる。いつものように、両掌を叩きながら、そこまで来られたのだろうが、喧嘩の騒ぎで、誰にも聞えなかったのだ。「喧嘩したんです」「三上君と飯田君とでやったんです」とあちこちで言う。「ふうん」と先生は言って、ちょっと室内を見遣ると、あとを締めて、「さ、机を片づけて」と言いつつ教壇に上がられた。そして、二人の喧嘩については、以後も一言もおっしゃったことはなかった。

そのように先生の態度が全くあっさりしていたからなのだろう。子供たちは二人のその喧嘩が大事件とは思わなかったとみえる。ハマ子は越境通学だったとはいえ、両親は全くその一件を耳にしなかったらしく、何も言い出さずじまいであった。

しかし、ハマ子のその時の亢奮と体力の消耗は相当なものであったらしい。家に帰ってきても体が熱くて、苦しい。それを誰にも気取られないようにするので、余計に楽になれない。自分の怒りは当然だったと思う。先に手を出したのは自分であったとも思い返してみる。自分があの子の右側にいたか、左ぎっちょであったなら、あんなことにはならなかったと、思いもする。とにかく、彼女は明日は体の具合がどうであれ、欠席するわけにはゆかなかった。大人の言い方を知っていたならば、それは彼女の〈面子〉にかかわる。

数え年で十四歳になると、ハマ子は女学校に進学して、電車通学をするようになった。公立校はいくつもあったが、そこならば自宅からその学校に通学するのに盛り場を超えなくてもよかった。途中の盛り場へ寄りつけたりすれば、不良になる危険がある。私立校も三つあったが、みな盛り場の向うである。盛り場よりもこちら側というのが、その時の父の学校択びの第一条件であったらしかった。

自宅から数分歩けば、市電の停留所がある。電車は次々に来る。それに乗って、間隔の短い停留所の六つ目が、その女学校の最寄の停留所なのであった。

その停留所の近くに、男子校の中学校もあった。やはり公立で、停留所についている、そこの町の名が、ハマ子たちの女学校と同じように、学校の名前に取り入れられていた。セットのような両校で取り決められたことなのか、どちらの学校も、バス通学は禁止であった。そして、前後と中程が出入口になっている市電の前半には男子が、後半には女子が乗るという規則があった。

男の子たちのなかには、電車が発車しかけている時にわざと、電車の後ろのドアから飛び乗っておいて、女学生の間を男子用の前方へ移動するのを面白がっている子もある。

ハマ子が入学した女学校では、胸につける校章は六角形の銀であった。が、明らかに戦争の影響で、新入生の彼女たちから、同じ形の木片に銀紙を貼りつけたものになってしまった。小学校に入学する時、繰り上げ入学で入っていたならば、上級生と同じのがつけられたのに、と彼女は上級生たちの銀の校章を羨んだ。

その女学校の場合、組分けは何が基準だったのか、ハマ子は知らずじまいであった。一学年四組のうちの二《に》組に入ったのが最初で、以後毎年の組替えがあって、卒業するまでに三《さん》組以外のどの組も経験した。幼稚園や小学校で一緒だった生徒も皆無ではなかっただろうが、霞んでしまった感じになっていた。

女学校では、学課ごとに先生が替わる。同じ学課でも、国語などは男女双方の先生方から教わるのだった。ハマ子が女の先生に接するのは、幼稚園以来のことであった。最初の数学の先生は女の先生であった。母よりも歳上の方のようだった。はじめての数学の時間、「私がこのクラスの担任もします。まつもとゆり子です」とおっしゃるのと同時に、後ろ向きになって、黒板の下目のところに〈松本百合子〉とチョークでお書きになった。と思うと、黒板拭きで〈松本百合子〉はもうなかった。何だかおかしくて、ハマ子は笑った。ほかにも、二、三人の子が笑った。

女学校に進学してからも、ハマ子は自分の顔つきがぶすっとしていることを感じていたが、少しは口を利くようになった。電車通学で一緒になる生徒のなかには同じ停留所で乗り降りする子も数人ある。ハマ子はその子たちに好き嫌いはなく、意外に早いうちから少しは友だちらしくなった。松本百合子先生には、よい印象を受けていたかもしれないが、好きというほどでもなかった。

ハマ子は非常に好きだった町田さんの小父さんのこと、そして手出しをしてしまった飯田君のことをちょいちょい思いだす時があった。

そうして、彼女が異性という言葉を既に知っていたかどうかは判らないけれども、その二人の異性の場合だけでは相手が大人であれ、少年であれ、異性に対するほうが、同性の場合よりも、好き嫌いの気持がどうも強いものらしいと思うことがあった。しかし、彼女は通学電車のなかであのような行動をする男子生徒たちの学校での様子については、全く想像がつかなかった。

当時の中等教育は五年制で、学校は男女全く別々であった。それなのに、とハマ子が気がついたのも、やはりその頃のことであった。女子校には男女の先生がおられて、校長先生教頭先生からして、男性である。それなのに男子校には女性の先生は全くおられないらしいのだ。男の先生とあんな男の子たちばっかりという男子校の様子はどういうものなのか、彼女には全く想像がつかない。

体操の授業は、週に三度あった。そのたびに、先生が替わる。男の先生が二人、女の先生が一人の担当である。

一学期の半ばのことであった。その日は雨が降っているわけでもないのに、体操の時間は体育館に集まるようにとのことであった。その日は男の先生で、体操の担当の三人の先生のうちでいちばん年輩の山名先生の時間であった。ハマ子たちは、後にその先生から理科も教わるようになったが、大柄で、頭髪は豊かな乱れた半白。きちんとした身なりをしておられたのは、入学式と四月二十九日の天長節の式の日くらいのもので、体操の時間でもスポーツ着姿であることは殆どない。手編みのセーター姿であったりする。

その日の先生の身なりまでは、ハマ子にはもう思い出せるはずもないのだが、体育館に入ってこられた先生は、二列横隊に並んだ彼女たちが、その日の当番の号令で「礼！」をすませると、「少し話がある。——さ、みなその辺にばらばらに腰をおろして」と移動黒板を指された。白い運動服と襞のある黒いブルマース姿の一同はそうした。今日の話はね、途中に眠くなれば居睡りしてもいい、とまずおっしゃる。しかも、真面目なお顔なのだった。そして、〈生理〉についてのお話をされた。時には、チョークも使いながら……。

〈交接〉のお話はなくて、卵子と精子とのお話からはじまった。膨大な数の精子のうちの一つが、月に一個しかない卵子を捕えてしまうと、その部屋の扉はピタリと閉じられてしまって他の精子はもう入られない。〈妊娠〉のお話が一語あった時には、女性の躰のその場所をさっとチョークでお描きになった。そして、妊娠すると、そこは〈大事な赤ちゃんの褥《しとね》に〉なってゆくのだそうである。だが、褥の必要のなかったことが判った時には、褥になるはずだったものは、一月《ひと》ほどのうちに、躰が自然に処分してしまう。それが、〈生理〉。――。時間はまだ余っていた。生徒たちで校庭へ移って、遊んでよいことになった。

ハマ子にはその日のお話をされるのに、山名先生は最適任者だったと、そう思われた。上下ともに真白いスポーツ服姿でお若い、もう一人の男の体操の先生では、山名先生のような具合にお話になれたかどうか。もう一人の体操の先生――ダンスも教えてくださる、女の先生――いや、どの女の先生であっても、医務室の看護婦さんであっても、どうだったかしら。お話なさるほうも聞くほうも、やはり山名先生のようにはゆかなかったのではないか。その話の担当は、いつも山名先生ということになっているのだろうか。ハマ子は屡々そんなことを思った。

〈夕空晴れて秋風吹き〉で始まる歌がある。今でも知られているのだろうか。入学して半年が過ぎ、その歌そのもののような美しい秋の夕べ、ハマ子に初潮が訪れたのであった。

# 歌の声

没後八十年ほどになるようだが、有名なメッゾ・ソプラノに、コンチータ・スペルビアという歌手がある。私は小説作品のなかでは、ただ一度その名に出会ったことがある。

菊池寛の『貞操問答』を読んでいた時だった。コンチータ・スペルビアのレコードが鳴っていただったか、廻っていたであったか、ほんの二行ほどの文章に出会ったのだ。

『貞操問答』は新聞小説で、一九三四年の七月から一九三五年二月の連載。スペルビアの死んだのは、一九三六年三月三十日なので、この小説の連載終了後のことだったことになる。

スペイン人だった彼女には、民謡のレコードもあり、スペイン歌謡曲でも名高かったらしく、私はその種のものは二十枚ほどレコードをもっているが、オペラでは手に入ったのは十二、三枚どまりのままである。そのうちの一枚は日本プレスで、彼女の亡くなった折に出たものである。そうなると、『貞操問答』で鳴っているレコードは、彼女の生前に出た輸入盤だったらしい。感心せずにはいられない。菊池寛は英語も達者であったそうだから、スペルビアの死亡を間もなく知ったことだろう。彼女はお産で亡くなったのであった。

二十世紀の幕明けに符合して蓄音機というものが現われた当初、歌手たちはそれを玩具並みのものとしか思わず、なかなかレコードの吹き込みに応じようとはしなかったという。レコードを残した最も古い時代の歌手はソプラノのアデリーナ・パッティ（一八四三年―一九一九年）。ビクトリア女王と同じ一九〇一年まで生き、九十歳近くという作曲家としては珍しく長寿であったベルディに歌も演技も賞讃されたという人である。彼女は六十三歳での初めての吹き込みで、ケルビーノのアリア〈恋とはどんなものかしら〉を歌うと、すぐさま出来たてのレコードを聴きたがった。人間の耳に聞える自分の声は、人に聞える自分の本当の声ではない。彼女は始めて自分の本当の声を聴いて亢奮する。「アデリーナ・パッティが、何故アデリーナ・パッティであるかが、判った」とラッパに向って幾度も投げキッスをしながら言ったという。

彼女の絶大な人気や莫大な収入による生活ぶりについての語り草はいろいろと伝わっているが、彼女は胎児のうちから、既に特別の胎児であったのだ。彼女の両親はイタリア人で、共にオペラ歌手。父はテノールでドニゼッティ歌手。ソプラノだった母のカテリーナは、ノルマ役を歌った翌日にアデリーナを出産したのだそうである。前夜舞台で産気づいていたなら、どうなっていただろうか。母はアデリーナのまえに、すでに二人の女の子を産んでいる。アデリーナ自身は三度結婚し、二人の子供を産んでいる。

それなのに、コンチータ・スペルビアはロンドンでの初産での死産の翌日に亡くなっているのである。彼女は四十一歳。女性歌手の場合の最盛期に入ったばかりであった。そんな彼女のせめてもの幸運は、SPレコードの時代にたっぷりめぐり遭えたことだろう。アデリーナ・パッティのレコードは残念ながら六十三歳以後に吹き込まれたものばかりである。こういう声の人だったのかと思う興味はあっても、聴き惚れる歓びには達しない。

何しろ、SP時代は長かった。ロッテ・レーマン（一八八八年―一九七六年）など、SPレコードとたっぷり幸運な出会いのできたオペラの名歌手は男女共に幾人もあるが、アデリーナ・パッティの場合とは逆の意味で、SPレコードと不幸な出会いしかできなかったのは、マリア・カラス（一九二三年―一九七七年）である。早くにデビューし、人気は絶大だった彼女は、レコードも沢山ありながら、SPレコードには恵まれなかった。私はベッリーニの「清教徒」の〈狂乱の場〉をもっているが、彼女のSPレコードはそのほか三枚あるだけなのだそうである。ロッテ・レーマンなどが全曲物にも、SPレコードに自分の声を遺すことが出来たのとは、非常なちがいである。

確かに、LPレコードには絶大なメリットがある。「カルメン」「椿姫」「蝶々夫人」等々、有名なオペラ中の有名なものの多くはSP盤では十五、六枚だが、ＬＰでは三枚に納ってしまう。扱うのに軽いうえに、裏返しと取り替えの手間も僅かですむし、値段もずっと廉い。滅多に割れることもない。しかし、ＬＰやその後に出現したＣＤや映像つきのＤＶＤで聴く音そのものは、とてもＳＰには及ばない。

ＳＰで声楽を聴いていると、生の声に触れているのと少しも変わらぬような気持になる。例のコンチータ・スペルビアの歌は声質そのものからして情熱的で、生きる歓びに溢れているような感じがする。彼女が得意であった「カルメン」で、カスタネットを鳴らしながら歌う〈ジプシー・ソング〉などがその最たるもので、つい三、四度続けて聴いてしまう。そうして、「どうして、お産などするの。よしておけばよかったのに」とつくづく思ったりする。私には出産の経験はないので、お産については心身ともに全く想像がつかないけれども……。亡くなった時、彼女は最盛期に入ったばかりだったが、出産の点ではそろそろ最後の時期に入っていたのである。お産をよしておく気にはなれなかったのかもしれないが、死産の翌日、彼女はこの世と自分と歌とに、どのような未練を遺して逝ったのだろうか。

スペルビアの死後間もなくではないけれども、まだ数年しか経っていなかった頃、ロッシーニの「セビリャの理髪師」を上演中のロンドンの劇場に彼女が現われたことがあるという。

このオペラのロジーナ役はもとはメッゾ・ソプラノのもので、スペルビアの持役の一つであった。このオペラの第一幕にロジーナの歌う有名なアリア〈今の歌声は〉がある。その夜のロジーナ役がそこを歌っていた時、ほの暗い客席の一階の中程に、スペルビアの姿が浮んでいるのを何人もの客が見たのだそうである。

私どもが当時建ったばかりの今のマンションに入居したのは、昭和四十六年の春のことだった。もう四十年以上経つ。当時、沢山あった邸宅は、大空襲で焼野原になっていた跡へ戦後になって建てられたものばかりだということだったが、次々にマンションやビジネスビルになって、残っているのは二、三個所くらいである。ただ、小売店には大昔からの地元の家がいろいろとある。建物は全く今風であっても、大昔から続いている店である。そういう家の人たちは代は替わっていても、昔話をよく知っている。

ある時、そういう家の馴染みの奥さんと路で出会って、一緒に歩いていると、すぐ前方で別館を建築中の女子大学のほうをさして、「あの本館が建てられた時、ひどい風の日があったのだそうでしてね」と言う。クレーンで吊るし上げていた鉄筋が三丁先のこれこれのお宅まで飛ばされた。その時、お仏壇の前でお経を上げておられた大奥さまにそれが命中して、亡くなられたとか……。

ある店の当主は「うちは私でお江戸十三代目でしてね」と言っていた。一番町に滝廉太郎の碑がある。碑の立っているのは、ほんの僅かな三角形の地面だが、お江戸十三代目の店の先代の当主が、その地面の話をしてくれたことがある。その場所に手をつけると、よくないことが起こる。戦争中に、町会でそこに国旗掲揚台を建てた時にも、やっぱりそうだった。碑の出来たのは、その人が中学校に通っていた頃だが、以後よくないことの起きる気配は全くないという話であった。

毎年、そこで催しがある。廉太郎は生まれたのも、病いのために短い留学から帰国して、若くして亡くなったのも、九月ではなかったようだが、その催しは、毎年少し涼しくなりはじめた頃、九月の土曜日だったか、日曜日だったかの午後に催されているようである。廉太郎の母校である麴町小学校の子供たちが、「荒城の月」や「花」などを合唱する。そのあとに、ちょっとした縁日がある。毎年のその催しには、「教育委員会」や「曲碑建立委員会」も関わっているのかもしれないが、主に働くのは、大昔から続いている地元の店の人たちのようである。

その碑のあるところから極く近いところに、嘗つて原信子の家があったという。私はこのソプラノ歌手の舞台は一度だけ知っている。私がまだ大阪にいた時分のことで、朝日会館での公演で、「夕鶴」の〈つう〉の初演の時のことである。大谷洌子さん——舞台の引退は早目だったが、教職での後進の指導やオペラの演出で最後まで活躍し、クラシック音楽界の人では恐らく最も長生きして、一昨年亡くなった大谷さんとダブル・キャストであった。ダブル・キャストになったのは、原信子が〈つう〉を歌うことを強く望んだからだったそうだが、それが受け容れられる地位の人でもあった。上野の音楽学校を中退後、田谷力三、藤原義江らと共に浅草オペレッタの中心人物となり、原信子歌劇団をもつ。三浦環の後任として帝国劇場歌劇部に招かれたし、イタリア留学後は、日本人として初めてミラノのスカラ座の歌手となり、五年ほど出演していた人であるという。私は一枚ももっていないが、レコードの吹き込みも沢山していたらしい。

「夕鶴」の頃、私は大谷さんの舞台には幾つか接していたが、ダブル・キャストの公演にはどちらも行った。原信子はやはりかなりの長寿の人だったらしいが、〈つう〉の時には、もう六十歳ぐらい。鶴そっくりの痩せ方にも、声にも老化の気配があったけれども、なかなかの表現力を感じたことを覚えている。

原信子には、お弟子が沢山あった。大谷さんもそのひとりである。偶然にラジオで初めて聴いた彼女の声にびっくりし、誰の紹介もなしに、住所を探し当てた彼女の家へ出かけて行った。少し歌のテストをして、入門を許された。武蔵野音楽学校に在学のまま、番町にあった彼女の家へ通っていた。そのあたりの他の邸宅ほどではなかったが、地下室もあるなかなかの家であった、と大谷さんから聞いている。内装や家具装飾はみなヨーロッパ的なすばらしいものであった、という。

今のマンションで永年暮らしている内に、近隣で飛降自殺のあったことを四、五度耳にしたことがある。うちのマンションで起きたことではないし、亡くなったのは知らない人ばかりだった。殺人事件は起きていない。殺されなさったのなら何だけれども、御本人が自分でそれを択んで実行なさったのであるから、などと思って、軽く聞き流してしまえる。

近所に、ということは嘗つて原信子の家のあったところからも近いところに、やはり何代にもなるという電気屋さんがある。二軒の店と大きな倉庫がある。雇い人もいるけれども、一族の人たちで経営している。××屋電気店という名で、その××屋という屋号が全く電気店らしくない。昔は呉服店であったそうで、その屋号を今も続けているのである。

うちでは、いつの間にか、懐中電燈や、地震の時に心配ないような物に取り替えた電燈の傘や、買い替えた電気洗濯機やテレビなど、電気関係のものは、みな××屋さんに世話してもらった物ばかりになってしまった。××屋さんは、あたりのマンション住いの家庭ばかりでなく、医院とか、役所の出先事務所なども出入先のようである。

作業をしながら、こんな話をしてくれたことがあった。

大正天皇が皇太子殿下であられた頃、アメリカ在住の日本人会から、乗用車が献上された。運転を教える人も派遣されてきた。多少指導が進んだところで、日本人の運転手に道路で運転させてみるようになった。宮城のお濠に面した電車道で運転させた。沢山の見物人があった。近づいてきた乗用車をもっとよく見ようとして、道路へ走り出て行った人があった。まだ試運転中の日本人の運転手は慌ててハンドルを切り損ね、並木に衝突させた。——いわゆる人身事故には至らなかったけれども、新聞にも大きく出たという。道路へ走り出て行ったのは、麻布からひとりで来ていたかなり高齢の老女であった。余程元気で、好奇心の強い人だったのだろう。そして、献上された乗用車は、こんな危いものにお召しいただくわけにはゆかない、ということになって、仕舞い込まれてしまったのだそうである。

その話をしてくれた××屋さんの同じ人から、原信子のお弟子さんで自殺した女性があるそうだという話を聞いたこともある。

私は近くで飛降自殺があったと聞いても、さして気にはならず、じきに忘れてしまうのに、その話は何かの折に思いだすことがある。——

私が作家になりたくて、親たちの反対を遂に押し切って、東京へ出て行けることになり、夜行で発つ日の夕食後、「とにかく、元気でな」と父は私を呼んだ。「〈身体髪膚之を父母に受く。敢えて毀傷せざるは、孝の始めなり。〉〈身を立て道を行ない、名を後世に揚げて、以て父母を顕わすは、孝の終わりなり。〉——な、これを忘れるな」と言った。私はその言葉が孔子の言葉を基としたものであることは、今度調べてもらって初めて知ったのだが、その言葉の凡そは知っていた。私は東京へ出て行くことが出来さえすれば、ほかのことはもうどうでもよかった。こういう場合に、いかにも親の言いそうな訓戒だと思いながら、ただ、「はい、はい」と答えていた。父はまた、その言葉を言いはじめた。今度は後半は言わなかった。〈……孝の始めなり〉で止めてしまって、「これだけは、よく覚えていてもらいたいのだ」と言うではないか。東京へ出て行って、親にも言えないような思いをすることもあるだろうが、どういうことがあっても、不意な死に方だけはするんじゃないよ。——私は父の気持をそう察した。忽ち、父と眼を合わせていることが出来なくなった。

私の女学生時代に、関屋敏子の有名な自殺があった。アメリカとの関係は既に逼迫していて、〈太平洋、波高し！〉の言葉がよく使われていた時分のことである。

彼女は〈椿姫〉が得意で、ヨーロッパの歌劇場でも、幾度もその役で出演した、有名なプリマドンナであった。

藤原義江が電車の内で拡げた朝刊でそのことを知る。彼女の自宅へ直行する。待っておられるのは、母堂と令妹のみ。オペラの関係者は一人も来ておらず、藤原は彼女の謙虚に欠けた人柄を思いつつも、義憤にかられたという。彼女の自殺の原因については、声の衰えを苦にしてというもの、大志を抱いてオペラの作曲に取り組んでいたのに思うに任せず絶望してというもの等、いくつもの説があった。

原信子のお弟子が自殺したのは、それより大分前のことだったらしいから、関屋敏子の自殺に暗示を受けたはずはない。原信子に入門を許されたのであるから、基本的な資質はあったのだろうが、まだオペラ歌手の卵とまでもゆかない若い人だったらしい。どこかの地方から、昔の私と同じように、単身東京へ出てきていた人であったという。原信子は指導はきびしかったが、弟子に対する配慮も一方ならぬ人であったそうで、男女ともに大成した弟子が幾人もある。その弟子の自殺はまことにはた迷惑なことだったであろう。その人は志した道の自分の将来に何か絶望することがあったのだろう。自殺の原因は聞いていない。この近辺の戸外での自殺であったという。××屋さんのその人は自殺のあったという詳しい場所も聞き覚えていて話してくれたが、そのあたりのマンションの住人のなかに、たまたまこの文章を見かけて、気になさるような方があっては申しわけがない。記すのは、ためらわれる。

時たま、私はそこを通りかかることがある。夜など、ひっそりとしてしまっている、その路をひとりで歩いていると、その話を思いだす。いつの間にか、〈ミカエラ〉のアリアの切端を頭の中で聴き拵えていることもある。

「カルメン」のなかで、郷里の田舎を離れてセビーリャの街に出てきているのはミカエラでなくて、ドン・ホセである。彼はたばこ工場の衛兵をしている伍長である。純情な青年で、女工たちのなかでも取り分け奔放なカルメンが挑発するようになっている。折柄、ホセの婚約者のミカエラが、彼の母から頼まれて手紙とお金をもって、故郷からホセに会いに来る。母親は息子の婚約者をいたく愛しているようである。

「カルメン」でミカエラの出場《でば》は僅かだが、ホセに会えていろいろと語りかける、ミカエラのアリアはたっぷりとしており、そしてまことに美しい。

今時、コピー機くらいは大抵の家にあるだろう。コピー機とファックス機は電話機に併設されている。が、この機械が出はじめた頃には、大きな出版社でも一、二台しか置かれていなくて、編集関係の人たちなど、順番待ちの苦労があったようだ。

うちの近所に、その機械を置いている文房具店があった。私はコピーの必要があると、そこへ出向いたものだった。私はコピーをしてもらう物を預けておいてから、あっちのパン屋さんと八百屋さん、こっちのお魚屋さんというように、買物して廻る。スーパー・マーケットなどは、まだない時代だった。そうして、最後にコピーを受け取りに寄る。コピー代は一枚いくらであったかしら？　先客のコピーがまだ終っていないこともある。そういう時に「何でしたら、私が帰りにお届けしましょうか。責任をもってお届けいたしますが……」と言ってくれたことが、二、三度あった。コピーの仕事は、よく店長ふうの男性がしていた。

ある日、コピーをしてもらいに行くと、出てきたのは、その人ではなかった。このまえもそうだったような気がするし、年輩の人だったから、退職したのかもしれなかった。「このところ、あの方ちょっと見えないけれども？」

と私は女店員に言ってみた。「亡くなりましたのです。二月《ふたつき》ほど前でしたかしら」と女店員が言った。「そうでしたか。お世話になったのに……」と私は言った。「こちらこそ。『――世界の皆さん、さようなら』と言って、亡くなったのだそうですよ」と彼女が言った。私は噴き出しそうになった。「――クリスチャンだったんですって」と彼女が言う。〈世界の皆さん、さようなら〉とそのこととが関係ありげに聞えたけれども、私には宗教のことは何も判らないので、「そうですか」とだけ応えておいた。

何しろ、既に私の年齢が年齢であるから、当然であるにしても近年、古くからの友だちや知人が少しずつ減ってゆく。訃報が相次ぐこともある。年下の人たちが亡くなることもある。自分の番になった時、どういう逝き方をすることになるのだろうか、好もしいのはどういう逝き方だろうか、と思う時がある。

〈世界の皆さん、さようなら〉と言って逝くのは、よさそうではあるけれども、世界の皆さんにその声が届くわけでもない。そう言って逝ったことを数人の人たちだけにでも伝えてもらうことが出来れば、よさそうではあるけれども、そう聞いた人たちは、まず笑ってすませてしまうだけだろう。

時々、ほかにもいくつか考えてみたけれども、オペラの音楽を聴かせてもらいながら逝きたいと思うようになっている。その時に聴かせてほしい曲も決まっている。ベルディの「ナブッコ」である。そのオペラのなかに、ユダヤ人の囚人たちの歌う男女混声の合唱がある。〈往け、わが思いよ、金色の翼に乗って〉で始まるこの大合唱曲が、たまらなくいい。このオペラはベルディの若い頃の作品だが、当時、イタリアは身こそ奴隷ではなくても、オーストリアに制圧されるなど、非常な国難の時代であった。〈往け、わが思いよ〉の合唱曲は当時のイタリア人たちの心情に投じ、深く愛された。この歌はイタリアの、第二の国歌ともなっている。

ベルディは自分の葬儀は質素なものにするようにと遺言し、それは尊重されたのだった。そうして、当日、彼の柩が運ばれて行く道中の先々から、〈往け、わが思いよ〉の合唱が湧き起こったという。

「ナブッコ」は、「椿姫」や「リゴレット」などのようによく上演される曲ではない。私はその舞台を二度しか知らない。ニューヨークで暮らしていた時、メトロポリタン歌劇場で一度、そして一時帰国中に東京で一度。どの歌劇団の来日の時だったか、その東京公演の時、オペラの途中で時にアンコールの起きることがあると聞いていた、そのアンコールにはじめて遭遇したのであった。例の合唱が終った時で、ふたたび歌われた。

私はその合唱曲だけならば、もう一度だけ生で聴いたことがある。ジャクリーヌ未亡人の死は、私どもがやはりニューヨークで暮らしていた時のことだった。後日、セントラル・パークで追悼会があった。その最後、広大な芝生に設けられていた幾本ものスピーカーからメトロポリタン歌劇場の大混声合唱団の〈往け、わが思いよ、金色の翼に乗って〉が流れはじめたのであった。

私にはその合唱を聴きながらに勝る逝き方はなさそうに思えている。頼んでおけば、確実に叶えてもらえるにちがいない友人も、四人ある。皆、私よりずっと歳下。

一、二度アンコールするのも、面白そうである。逝く時が楽しみにさえ思えてくるくらいである。「ナブッコ」はLP、DVD――どちらも全曲物でもっている。

しかしSPでは、全曲物も一枚盤も全くもっていない。SP盤でのみ叶えられる、生と少しも変らぬ音感であの合唱曲を聴きながら逝くのが楽しみなのに……。この曲のSPレコードは、随分探してきたけれども、まだ一枚も手に入っていない。全く発売されたことがないらしいのだ。それで、困っているのである。

# 考えられないこと

大阪の街中暮らしであったから、私たちは空襲を受けることを懸念してはいたが、罹災ということを何となく架空のことのように感じているふしがあった。「これが空襲というものだぞ」と示すように、本当に空襲に見舞われたのは、昭和二十年三月十三日の深夜からの大空襲であった。数日前に東京の大空襲があり、その二、三日後に名古屋にも大空襲があった気配は伝わっていた。それでも、三月十三日の晩御飯の時に、これがこの家での最後の食事になるのではあるまいかなどとは、誰も思いはしなかったようであった。

警戒警報のサイレンが空襲警報になったのは、まだ十三日の深夜になるまえだった。〈敵機は紀伊水道の上空から、続々侵入中。警戒を要します！〉とラジオのアナウンサーの声も上ずっていた。〈今夜の攻撃目標は近畿の大都市である模様！〉とも言い立てる。近畿の大都市といえば、大阪にちがいない。家の中にも防空壕はあったが、その夜の私たちは、町会で造った表の道路にある大きな壕に、近所の人たちと一緒に入っていた。

上空から圧するように、敵機の爆音が響いてくる。「どうぞ、今晩だけは……」と母が言い続けていたことを覚えている。今晩だけは無事にすませてほしい、明日には何とかするからという気持であったのだろうか。

半鐘が打ち鳴らされた。「焼夷弾落下！　皆、早く壕から出てください！」と叫ぶ声。外へ出てみると、二丁ほど先に焼夷弾が落ちてきたところで、そのあたりが忽ち炎上する。私たちの家が焼けたのは、それから間もなくであったか、暫く後であったか、もう夜は明けはじめていたような気がするけれども、あちこちの火災で、あたりが明るく、そう感じたのかもしれない。壕を出しなに、私が保存用の罐詰や板昆布などの多少入っているリュックサックを持ちあげると、近所のご主人が「さあ、さ」とそれを背負わせてくださった。「ありがとさん」と私は急いで、何故かそんな滅多に使わない言葉で礼を言った。その大空襲で、大阪の旧市内――市電の通っていた地域の殆どが焼失した。

その年、――八月に思いがけなく終戦になった年でもあったが、当時式の数え年でいえば、父は五十六歳だった。母は五十三、姉は二十二、私は二十、弟は十八だった。兄は二十六歳で、大阪が本社の勤務先の軍需企業から、北京の公司へ転勤していた。そして、そこで現地召集を受けた。が、兄は数日前に、お酒の入っている夜に帰宅した時、洋車から飛び降り損ねて、片足の踵を骨折していた。召集令状に応じて出頭した時、兄は松葉杖であったそうで、取り敢えず放免ということになったという。後遺症のあるような怪我ではないらしかったし、さしあたり現地召集から逃れることができた兄の怪我を両親は喜んでいるくらいであった。

そのうち、兄からは、怪我が治り次第、南支へ移るかもしれない、という便りがあった。移る理由は何とも書かれてはいなかった。そして、その後、このところ音信は遠退いているようだと心配しはじめていた頃に、私たちは大阪の大空襲に遭ったのであった。

阪急電車は動いているという。今の六甲の山麓には、マンションも沢山建っているらしいが、昔はあのあたりも阪神間の住宅地の一つのような感じであった。そこに私の知人が住んでいて、近くにアパートをもっていた。神戸商業大学の学生目当てに建てたのだった。しかし、学徒出陣の時代になると、殊に理科系ではない商大は淋しくなった。もともとその大学の学生には地方出身者が少かったから、知人のアパートは、がら空きになった。

戦争中、日本の雲行きが悪化してからも、都会を離れたがらない人たちがいて、「疎開嫌い」という言葉があったが、うちの両親もその人種であった。自分たちはまだ老人ではなく、子供たちはもう大人であったから、いざという時のことを、それほど真剣には考えていなかったようであった。がら空きになっていた、六甲の知人のそのアパートを二部屋借りた。寝具や衣類などを預け、大阪で罹災した場合の一時の住いにすることになっていた。

阪急電車が動いていることが判ったので、私たちは梅田駅まで歩いた。それほどの遠距離ではないけれども、平素は滅多に歩くことのないほどの距離ではあった。同じ方へ向って行く人たち、反対の方へ向って行く人たちの群が沢山あった。市電の焼けた電線が、あちこちで頭上から垂れ下っていた。それまで、私は遺体というものを一度も眼にしたことがなかった。何かに躓いて気がつくと、男の人の片脚を踏んでいたのだった。防空頭巾を冠って、仰向けに倒れていたが、それが死体であることが一眼で判った。私は眼を逸らすと、何も言わずに、また歩きはじめた。乳房をくわえさせた赤ん坊を抱いて坐ったまま、親子ともに死んでいる母親もあった。が、何の感情も起こらなかった。後になって思いだしても、そうであった。私は余程、異常な状態になっていたのだろうか。

六甲山のアパートへは、その日も早いうちに無事に着いた。

神戸の大空襲は、私たちがそこで過ごしていた時分のことだったらしいが、その時のことは全く覚えていない。私たちがそこで過ごしたのは、ほんの数日間のことでもあった。

嘗っては郊外と言われていた大阪市の南部は、まだ大空襲を受けてはいなかった。そのあたりには邸宅もあったが、借家もあった。そして、借家に住んでいた人たちで疎開した人たちが多かったのか、空き家が沢山あった。

六甲のアパートで二、三日経った頃、父は大阪へ出かけて行った。音信の絶えている兄が引き上げてきた時、先ず行くにちがいない実家の焼跡へ自分たちの行き先が判るように、札を立てておかねば、それだけは早くしておかねば、と父はそれをするために出かけて行ったのだった。そうしてその際に、父は大阪市の南に空き家がふえていることを聞いて、早速出かけて一戸契約してきた。

二戸建の借家であった。八畳が最も大きな部屋であったが、四畳半の離れが上下二間であるなど、部屋数の多い借家であった。大空襲で罹災した昔馴染みの人たち、そして親戚も一軒、そのあたりの借家へ越してきたうちがあった。「ここも空襲があるかもわかりませんけれど、その時はまたその時のこと、もうそないに思うしか仕方ありませんものね」再会には、決まってそんな言葉が使われた。しかし、終戦の日まで、ともかくそこは空襲を受けることがないまま、焼け残ったのであった。

終戦の時、私は女専の二年生であった。三年生は軍需工場に住み込みの動員をされていた。一年生の動員先もやはり住み込みであった。私たち二年生は学校工場勤務であったから、住み込みではなかった。終業時間になれば家へ帰れる。私は「住み込みにだけはならないでほしい」といつも念じていたものであった。

空襲で罹災したあと、私は学校へいつ連絡したのか、いつからまた学校工場で働いていたのか、全く覚えていない。四十人足らずのクラスのなかで、同じ時に罹災した人が七人ほどあったと思う。いずれも、同じ電車で通っていた人たちだった。

学校は帝塚山にあった。元の家から歩いて五分もかからないところに、南海電車の高野線の始発駅があった。楽な通学だった。罹災後の借家は、阿部野駅が始発のチンチン電車と言われていた平野線の「文ノ里」にあった。通学時間は更に短くなった。弟も住み込みではなかったが、軍需工場に動員されていた。姉は進学していなかった。早生まれで女学校を卒業した昭和十六年、まだ太平洋戦争は始まっていなかった。当時の娘さんたちに、まだよくあったように、家にいて洋裁や料理を習いに通っていた。

　女子挺身勤労令の話はそろそろ始まっていたのではないだろうか。数え年で二十五歳未満、未婚、非就学、非就職の女子は、軍需工場へ動員されるという状況になってきたのだった。そうして、昭和十九年に私たちが進学した時、普通に授業を受けられたのは、最初の一学期だけだった。

　姉は父が知人に頼んだ就職先の二、三ヶ所に勤めたことがあった。私がそこでプラネタリュームを始めて観たのは小学生の時だった、四ツ橋の電気科学館に一時勤めていた気もする。当時、入館者は殆どなかったであろうが、どういう仕事をしていたのか。そして、終戦になると、姉は家にいた。

　私たちの学校では、終戦後は九月末まで夏休みになった。十月のはじめの最初の登校日に、戦争中の規則の続きで、三年生の繰り上げ卒業式があった。弟の通学もその頃には再開されていたことだろう。

当時、夫や息子や身内が応召や外地へ行ったままになっている人たちの間で、五銭白銅貨を釣り下げて、大切な人の安否を占うことがよく行われていたようであった。釣り下げた白銅貨が間もなく停まるであったか、いつまでも停まらないであったか、それによって、その人が戦死しているか、無事でいるかを判じるというのであった。

兄は応召ではなかったけれども、終戦後も音信不通のままであった。「いっぺん、五銭玉してみたらどうかな」と弟が言い、父にひどく叱られたことがあった。

冬になった。電力不足で、夜の八時になると、一旦停電し、夜遅くまで点かない。父は兄のことは殆ど口にしなくなっていた。

そのまま年を越えて、節分も過ぎた頃であったと思う。ある日、学校から帰宅して、「ただ今」と言いながら、上ろうとすると、「ちょっと、早う来てごらん、これ、見なさい」と母が傍の茶の間から言う。襖を明けると、「これ、見てごらん」と母が膝の上の新聞を取り上げた。「これ、藤田の伯母さんが……」と言う。

その人は、母の二番目の姉である。やはり大阪の大空襲で罹災して間もなく、やはり私たちの近くの借家に一家で移り住んでいた。

新聞の状態が非常に悪かった時期があった。配達はされなくなった。立ち売りだけになった。紙面は極く僅かになった。その頃、新聞紙が最もそういう状態だったような印象があるのだが、「これ、見はった?」と言って、伯母がその新聞を持ってきたという。そこに、兄の姓名があったのだ。舞鶴港へ帰着する、外地居住者の名前——そして、復員者の名前も載っていたかもしれない。

貧弱な紙面に、どうしてそういう記事を載せることが出来たのだろう。引き揚げも、復員も始まったばかりで、その人数はまだ多くはなかったからなのだろうか。ほんの一時そんな記事の載った時期があったのだろうか。並んでいる名前にはそれぞれの出身地も載っていた。帰着の日は、一週間ほど後だったが、それも記載されていた。

うちでは、新聞にそんな記事の載ることは知らなかった。必ずしも、毎日買いに行くとは限らなかった。

私たちの従兄は、二人戦死している。どちらも女きょうだいはあるけれども、一人息子であった。藤田の伯母の息子は全くの一人息子であったが、私より一歳上であるだけで、召集されたのは、戦争の全くの末期で内地勤務であったから、復員も実に早かった。だから、母はその新聞を届けにきてくれた姉に、何の遠慮もなく、言いたいだけ喜びと感謝を口に出来たその時のことを、後年になっても聞かせる時があったものだ。

ある日、私が学校から帰ってきて「只今」と玄関の戸を明けると、奥で「はーい——僕が行く」という声がして、兄が現われた。丹前を着ていて、少しやつれているように見えたが、頭は刈り立てで、何だか妙な印象だった。

兄はまず焼跡へ行って、〈一同、元気〉とも書いてある立札で、私たちの行き先を知った。その借家のある住宅地の駅の近くには商店通りがあって、復活していた。兄はそこで住所を言って、場所を教えてもらって、歩きだしたが、見かけた床屋に先客のいないことに気がつくと、扉を明けた。「さっさと帰ってくればええのに。散髪なんか、いつでもええのに……」と学校から帰ってきた弟が、そんなことを言った。

兄は北京から他の日本企業の公司へ二度移って、終戦の時は、済南にいたという。引き揚げ船に乗るまでの数日間の徒歩の道中では苦労をしたようであった。

予め聞いていたので、万年筆を何本も用意して発ったのだが、持ち物を奪いに来る連中にじきにみな取られてしまった。ネクタイばかりを無闇に沢山持ち帰っていた。衣類も取り上げるが、ネクタイは持って行かなかったという。履いて帰った靴は、左右ちぐはぐであった。同じサイズの人と片方交換したのだという。ちぐはぐでないと、取り上げてしまうのだそうである。

一行のなかに、老人は殆どいなかった。子供——幼い子供を連れた女性が多かった。道中で、幾度か赤ちゃんが亡くなった。その始末をするのは、単身の男性で、兄も幾度かそれをしたようだったが、後にも、そのことはあまり話したがらなかったものであった。

兄の元気な姿を見ることの出来た日の夕方、例の新聞紙を届けてもらった藤田の伯母の家へ、御飯まえに父母は兄を連れて、さしあたりの挨拶とお礼を言いに行った。従弟は学校からまだ帰宅してはいなかったが、翌日学校の帰りに寄ってくれた。

帰国後二ヶ月ほどすると、兄は再就職をした。最初の就職先であった軍需会社はなくなり、いずれも化学関係の新しい三社に分かれていた。兄はその一社に就職することができた。勤務先は元の勤め先と同じ堂島の建物にあった。他の二社の今度の職場もそこにあった。軍需会社時代に宇治にも大きな工場があり、そこには元の宿舎もあった。新しい三社のなかの引揚者や罹災者のなかには、そこに住んで、遠距離通勤をしている人たちはかなりあるという話であった。

兄が結婚したのは、その翌年、昭和二十二年の二月であった。相手は昔からの知り合いだった近所の一家の人であった。やはり大空襲で罹災後、住吉神社の近くに住んでいた。父が先方のお母さんと偶々出会って、消息を述べ合っているうちに、付き合いが復活したようだった。もう女学校を卒業していて二十一歳で兄と結婚することになる長女の下に男の子と女の子。私たちとは小学校も同じの幼馴染みであった。殊に長女の豊子は私の一つ年下で、よく家へ遊びにきたものだった。〈どうするの?〉〈こうするの?〉と言って、豊ちゃんは何でも私の言う通りにする子であった。兄の結婚した翌年に姉が結婚したので、私は嫂の豊ちゃんと一緒に家事をすることもあったが、やはり何でも私の言う通りにするのだった。「あんた。あんまりその人の言うこときいてたらあきませんで。ええ加減なことをよう言いますさかいに……」と母が言っても、笑っているだけであった。

付き合いが復活すると、兄と豊ちゃんとの結婚話は始まって、当然のように結婚することになった。恐らく仲人役は共通の知り合いにでも途中から頼んだのではあるまいか。

難波のデパート高島屋は、大空襲のとき火は入らなかった。終戦後は早速営業を再開しはじめていたが、売る物は乏しい。それで、一部を結婚式場として利用しはじめていた。兄の結婚式にはそこを使うことになった。ささやかなものではあったが、挙式用の神殿も造られており、披露宴の会場もあった。

ただ、挙式については、招待客のことでは両親には苦労があった。戦死と戦病死との従兄の父親はどちらもまだ左程の年齢でもなかったのに、終戦後になると相次いでなくなっている。親戚のなかには、未亡人になった従姉で子供を連れて実家へ戻っている家もあった。そういう家への招待状はどうしたものかと、母は藤田の伯母夫婦によく相談しに行っていたようであった。「こんな時勢に、結婚式なんてまだ早すぎですのんかしら」と母は訴えたりもしたらしい。「うちの清はまだ学生ですよ。お宅の茂夫さんはもう二十八ですがな。早すぎることありますかいな」と伯母にいなされたりもしたらしい。「招待のことで揉めたら、それはその時のこと。とにかく、あんまり取越苦労をするのはやめときなさい」となだめられたこともあったようである。結局、兄の結婚式のことでは絶交とまではゆかなくても、以後明らかに縁遠くなった親戚が一軒ある。それから、適当な引出物が入手できなくて両親が困っていた様子も思いだす。

兄夫婦の結婚の披露宴の出席者は、五十人にも満たないくらいであった気がする。兄の新旧の勤務先の人たちが最も多かったかもしれない。兄の学生時代の友人たちは戦死した人、まだ復員していない人も多くて、出席者は三、四人くらいだったのではあるまいか。

当日、弟と私とは、早目に家を出た。家の近くの商店通りに、元は何の店だったのか、パン屋さん――パンの賃焼き屋さんがあった。配給や闇買いのパン粉を目方を量って受け取って、翌日にパンを渡してくれるのであった。高島屋の結婚式場では、披露宴の料理は引き受けてくれていたが、パンはこちらで用意しなければならなかったのだ。それで、弟と私とで、披露宴のパンを運んだものであった。

兄夫婦は挙式を終えると、白浜へ新婚旅行へ行くので、南海電車に乗った。新婚旅行のロマンス・カーなどは考えられもしない時代であった。当時はラッシュ・アワーになると、座席に腰かけていることも許されない。「立て！立て！」と言われて、シートに上って、吊革の横棒につかまっていることになる。

兄たちが南海電車に乗ったのは、もうラッシュ・アワーに近い頃だったのだろう。その沿線も途中までは住宅地である。まだ座席へ上らされるほどではなかったが、ひどく混んでくる。最初、二人は兄がボストン・バッグを上げた網棚の近くに立っていたが、豊ちゃんのほうが次第に押し込まれて、もう兄の顔しか見えなかった。電車が停まるたびに、車内はますます混んでくる。また、電車が発車した時だった。兄が離れた場所で、人々の頭越しに、「やあ」と言って手を挙げた。「やあ」と豊ちゃんに少し近いところで、やはり手を挙げた人があった。「よかったなあ。お互い元気で」と兄が向うで、手を挙げ返して言った。「君、結婚は?」とこちらからその人が言った。「結婚?――ぼく、まだや」と兄が人々の頭越しに言う。「ほんまにはずかしかったわあ」と豊ちゃんはその時のことを笑ってよく言った。後になっても、それを言う時があった。

その時、兄はその人とそんなことを言い合っただけで、混鬧《こんとう》でお互いを見失ってしまった。その人は兄の大学時代の友人で、河田君という人なのだそうである。

結婚後半年ほどすると、豊ちゃんは妊娠して、両親を大喜びさせた。私はもう女専を卒業していた。在学中に勤労動員で授業の不足だった学生のために自由に受けられる講座が設けられていたので、そこへ通ったりしていた。

ある日、豊ちゃんが流産しそうになった。出産はそこでする予定で、最初から受診していた天王寺の聖バルナバ病院へ入院した。その四、五日の入院中のことであった。

「このこと誰にも言うなよ」

とある夜、兄が私の部屋へ入ってきて言う。そして、「実は……」と言いはじめた兄の両肌は鳥肌立っている。私は豊ちゃんに新しく何事かが起きたのかと思ったが、「殊に豊子には……」とつけ足すのでますます何事か判らなくなってしまった。

兄が友人にあの日に河田君に会ったことを何気なく口にするなり、その人はもう故人であったことを知らされたのであった。独身のままの戦死も聞かされたという。

兄は大正九年の生まれである。その世代は戦争で亡くなった人が最も多くて三分の一ほどにも及ぶと、何かで見たことがある。兄の友人たちも幾人も戦争でなくなっていることだろうに、自分たちが三々九度の盃を挙げて、二、三時間ほど経ったばかりという時の故人との再会だったと知って、豊ちゃんは流産しかけているということもあって、気になりだしたようであった。誰かに言わずにはいられなかったのであろう。

兄の友人のなかには、故人との再会話を聞いて、半ば戯れに、あるいは多少の親切心から、「君、ほんまに河田君に会ったのかなあ。大陸ぼけしていたのじゃあなかったのか」と言う人もあったらしい。そして、私は誰にもその話をしたことはなかった。両親にも、もちろん豊ちゃんにも……。姉や弟にも……。幸い、豊ちゃんは流産しないで済んで、無事に出産した。男の児で、取り分け父を大層喜ばせた。その子が成長して家庭をもってからも舅夫婦にその話をしたことはない。と言って、いわゆる墓場までもって行くつもりでいるわけでもない。兄も豊ちゃんも、すでに故人である。既に、私は東京へ移動してから六十年余りになる。今も難波の高島屋の下が始発駅になっているらしい、南海電車の様子にしても全く想像もつかない。

気がついてみると、あの当時の混み合う電車のなかでの兄と故人である河田君との再会話を思いだすのも、おそらく、二、三十年ぶりのことであるようである。当時、友人の誰かに言われたという、「大陸ぼけだったのじゃあないのか」という言葉が思い出されもした。そして、その話を誰にも話さないまま、随分永い歳月が過ぎたことを思いだしもした。すると、これまで全く考えもしなかったことに気がついたのであった。

私が何故その話をこれまで、まるで墓場まで持って行くつもりであるかのように誰にもしなかったのか急に感じられてきたのであった。

兄の友人であったという河田さんという人に、私は一度も会ったことはない。兄とどの程度に親しかったのか、普通の間柄だったのか、それも知らない。考えてみると、不思議な気がするのだが、故人のその人と再会した話を聞いてからも、河田さんがどういう人であったかどうか、一切聞きも、聞かされもしていないのであった。眼鏡をかけていたのか、どうかも知らない。混み合う車中で、「君、結婚は？」と人々の頭越しに言ったという河田さんは、どういう声の人だったか勿論そんなことも知らない。それなのに、私が永年、兄とその人との不思議な話を誰にも話さなかったのは、河田さんのためを思ってのことだったような気持が急にしたのであった。何故だか判らないけれども、話すのは河田さんに気の毒である。そう考えて、誰にも話さずにきたわけではないけれども、そう感じたことがあるような気がしてきた。それから更に、この考えられない話をこのまま葬ってしまうほうが、一層申しわけない気持がしはじめてきたのであった。

# 詩　三篇

## ほんとうらしい

何年も山を見たことがない
何年も川を見たことがない
何年も海を見たことがない
東京の夜空には星がない

何年も日の出を見たことがない
何年も夕焼けを見たことがない

それでも　毎日夜が明けている
夕方になると少しずつ暗くなる

地球が二十四時間で一回転とは
考えられないけれど本当らしい
年に一度か二度　低い西空で
宵の明星が突然に輝く

奇蹟のように輝きながら
明星は斜め右手の上空へ向う
忽ち高くなり忽ち消えてしまう
地球の回転の速さは　やっぱり本当らしい

# おとずれ

信号機のサインの変るのを待ちながら　Ａ氏
とＢ氏とわたしは斜め向うの舗道でやはり信
号機の変わるのを待っているらしい彼のほう
を黙って見遣っていた

次の信号機でわたしたちはまた待たされた
その斜め向うの舗道で彼がまた信号機の変わ

るのを待っていた　おきまりの黒シャツとグ
レーの上着姿の彼が――

料理屋のガラス戸を引き明けて
おねがいしまぁすとA氏が言った
最後に入ったB氏があとを締めた
曇りガラスに映っている人影を指した

女将さんが小さなお給仕盆にひとつ白磁のぐ
い呑みを載せてきた　お水にしておきました
と彼女がそれを置床に移しかけるなり　ぐい
呑みは転がって水だらけ

お酒でなくてわるかったのか　生前お酒が好
きであったから――　おとずれた人が口を利
かないならば　まだ生まれ替ってはいないと
いうから　無言であった彼はまだ――　など
と思っているうちに　再び眠りがきた

すてたものではない

わたしはひとつの卵子を目指して殺到してゆく精子たちの凄じい争いの拡大映像を眼にしためぐり合わせに感謝する

発射される精子の数は忘れたけれども　億とか何千万とかいうような非常な数だった　画面いっぱいになって上方へ向って細長い尻尾

を振って殺到する彼等の活発なこと　遂に卵
子の獲得に勝利を占めた子のほっとしたよう
な急な鎮まりは　まるで気持というものがあ
るかのよう

あれほどの競争に勝ち残る子！　生物的にも
格別に恵まれ　頑張る力も与えられ　そして
さぞかし強運の子であるにちがいない　わた
しもそういう子から創られたのだ　捨てたも
のではないではないか　人工受精というもの
がなかった時代に生まれたことは確実なので
一層勇み立たずにはいられない

# 日記

## 二〇〇八年七月二十三日（水）

一昨々日の夜の十時半頃に、川上弘美さんからの電話。それから十五時間ほどにしかならない一昨日の午後、また彼女から電話。松浦寿輝さんと彼女と朝吹亮二さんとお三人の同人誌『水火』にゲストとしての原稿の相次ぐ依頼である。短い十六日分の日記と詩を三篇。詩は困る。一度も書いたことがない。が、二度目の電話でも断わっているうちに、ひょっと引き受ける気になった。「女は潔くなければいけないから」などと自分でそんな馬鹿なことまで言う始末。そして、今日、彼女と編集長の松浦さんから、万事は決定の手紙が来てしまった。原稿の依頼の辞退にかけては、上手なほうなのに……。

**七月二十九日（火）**

近所に一部屋借りている二年契約のマンションの更新期が近くなった。引き続き借りるので、持主さんに電話しておく。

**七月三十日（水）**

エミリ・ブロンテの誕生日。そして、谷崎潤一郎の命日。

**八月五日（火）**

知人から鈴虫をいただく。浅黄色のプラスチックの虫籠に雄三匹、雌三匹がいるようだが、よく分らない。無闇に長い食卓の端におく。実に張り切った鳴き方をする。小さな体なのに、人の普通の話声ほどに響く。

**八月六日（水）**

どこかの国の占い師が、この日東京に大地震と予言していたそうだが、無事。

**八月十二日（火）**

このところ御無沙汰していた富岡多惠子さんから雑談電話。二、三日まえには、マヨルカに滞在中とのことである白石かずこさんから、美しい海の絵葉書で便りがあったばかり。生まれて初めての詩を書く状態にあることと、二詩人からの音信の重なりとの間に不思議を感じた。

**八月十三日（水）**

某新聞社の学芸部の記者から速達便。予め電話で依頼があって了承ずみの原稿の執筆要項の文書なのだが、その締切日のところを見て驚く。その日づけのところに午前11時59分とある。「六時に工場から取りに来ますので、五時半までに……」と残りのゲラの返却時間を区切られたことはあるが、原稿の締切りを分刻みで言われたのは、今度が初めてである。

## 八月十九日（火）

原稿用紙が残り少なくなるのは、いいものである。若い時分に友だちに誘われて原稿用紙を一連（四千枚）誂えて、半分ずつにしたことがある。が、何年経っても世に出られず、書けなくもなり、〝用紙ばかりが高々と、積まれているのも情無や〟の恰好で、まとめ買いにはもう懲りた。大抵は三百枚ずつ、神楽坂の山田紙店へ買いに行くようになって四十数年になる。今日はその好きな買い出しに行った。本当は往復歩くのが好きなのだが、左足の痺れが少し残っているので、タクシーで。少し長いものを書いているところだし、タクシーを使うのだから五百枚にしようかと思ったが、やはり三百枚にしておいた。すぐ近くの中華料理店『五十番』で焼かないままの餃子を買う。

**八月二十日（水）**

今朝の新聞も、一面からしてオリンピックの選手の大きなカラー写真。テレビのニュース番組でも仰々しく見せられる。写真でも映像でも、ただ報道のことしか考えていない感じ。女性映画監督レニ・リーフェンシュタールが宰領して撮影し、編集にも時間をかけた、ベルリンオリンピックのすばらしい記録映画『民族の祭典』『美の祭典』がしきりに見たくなる。ナチスの宣伝臭に拘泥りすぎて、あの映画が葬られたままになっては惜しまれる。

**八月二十六日（火）**

某新聞に書く随筆（締切りに午前11時59分とあった分ではないほう）の用意で、

谷崎潤一郎の『幼少時代』を読み返していく。東京の下町暮らしなのに、ポンポンと狸の腹鼓の聞えることがあったという話に再会。それで、二、三ケ月まえの新聞記事を思いだした。皇居に二、三十頭とか棲んでいる。天皇さまが、その彼等の排泄物の研究で論文をお書きになったという。すると、数日後、たまたま眼をとめた同紙読者投稿の川柳欄で、こんな傑作に出会った。〈それ以来畏れ多いと便秘がち〉

## 八月二十七日（水）

夜、某誌の担当者から、短篇の原稿依頼の電話。一昨日、別の某社の人たちと会ってのびのびになっていた一挙掲載用の原稿に来年の年頭から着手すると約束したばかり。明日そちらの担当者に電話をして立春からにしてもらおうか、と考える。

**九月二日（火）**

町会から、主人と私に十五日の敬老の日のお祝いを早々と届けてくださる。のし袋に千円の新札一枚ずつ。

**九月三日（水）**

鈴虫は元気。〈主よ、御許に近づかん〉を歌ってやるのは、もう少し先らしい。〈主よ、御許に近づかん〉は曲も歌詞も実にいい。いかにも天国へ迎え入れられそうな、いかにも安らかに成仏できそうな歌で、大好きである。「わたしの訃報の時には、あれを歌ってね」と若い人に言う時がある。かわされがちだが、木崎さと子さんなどは「かしこまりました」としっかり引き受けてくださった。

**九月九日（火）**

重陽の節句。本格的の秋が来るかと思うと、気ぜわしい。部屋の大片付けに取りかかる。ＳＰレコードには、フランスのパテ社のものなどに時どき縦震動式の盤がある。オペラの旧いレコードを永年世話してもらっている店から、縦震動式用の蓄音器の出物があったと知らせがあったのは、まだ夏まえのこと。お金を払って、置場所を捻出するまで預ってもらってある。その引き取りもしなければならない。

## 九月十日（水）

今回も部屋の大片付け。途中で、すでに買ってある縦震動のレコードを出してみる。一枚はニノン・ヴァランで、「ミニヨン」のポロネーズ。故河盛好蔵さんがこのソプラノがお好きだったことを思いだす。

## 九月十六日（火）

久しく行きそびれているが、伊豆の大島に小屋がある。管理してもらっている隣りのお宅から宅配便。採れた逞しい赤と白のさつま芋・明日葉・地元産の海苔・牛乳煎餅など。いろいろの角度からのうちの敷地の写真も……。どの樹もずいぶん大きくなっている。リスはやっぱり遊んでいるそうである。——あるとき大島から帰宅した夜のテレビで、三原山で噴煙があがりはじめたと知った。私どもが熱海行きの帰りの船に乗っていた時分に始まったことになる。あのまま居れば、見られたのに……。が、やがて大噴火！　翌日だったか、溶岩流がうちの小屋のある地域まで八十米まで迫った。帰ってきていてよかったと話し合う。一九八六年十一月中旬のことだった。

＊編集部注　この日記は初出誌「水火」の誌名にちなみ水曜と火曜のみ記された。

＊初出

好き嫌い　「新潮」二〇一四年一月号
歌の声　「文學界」二〇一四年三月号
考えられないこと　「新潮」二〇一四年六月号
詩・日記　「水火」三号　二〇〇八年十一月五日発行

考《かんが》えられないこと

著者

河野多恵子《こうのたえこ》

発行

2015年6月30日

発行者　佐藤隆信
発行所　株式会社新潮社
〒162-8711　東京都新宿区矢来町71
電話　編集部03-3266-5411
読者係03-3266-5111
http://www.shinchosha.co.jp

印刷所
株式会社精興社
製本所
加藤製本株式会社

乱丁・落丁本は、ご面倒ですが小社読者係宛お送り下さい。
送料小社負担にてお取替えいたします。
価格は函に表示してあります。
©Akira KOHNO 2015, Printed in Japan
ISBN978-4-10-307811-1 C0093

河野多恵子の本

## みいら採り猟奇譚

**野間文芸賞受賞**

自分の死んだ姿を見ることを至上の願望とするマゾヒストの夫。サディストに育てられてゆく年若の妻。日常生活のディテールの濃密な時空間のなかに「快楽死」を描きだす河野文学の金字塔。

［新潮文庫］

## 臍の緒は妙薬

大病は一生に三度ほど。そのとき臍の緒を煎じて飲むと効くという。最終行に戦慄させられる表題作ほか、銃後の小学校を包む妙なる調べ「月光の曲」等、生の華やぐ一瞬を刻む短篇小説集。

［単行本］

## 逆事《さかごと》

ひとは、満ち潮で生まれ、干き潮で死ぬ——。謂れどおり干き潮で逝った谷崎。満ち潮で自刃した三島。父は、母は、靖国に息子を参る伯母は？生と死の綾なす人間模様を浮き彫りにする短篇集。

［単行本］